KB171107

1914년

김행숙

1914년

김행숙

PIN
007

차례

PIN

007

1914년

김행숙

시

1914년 4월 16일

나의 생년월일입니다.

나는 아직 죽지 않은 사람으로서

죽은 친구들을 많이 가진 사람입니다.

죽은 친구들이 나를 홀로 21세기에 남겨두고 떠난 게 아니라

죽은 친구들을 내가 멀리 떠나온 것같이 느껴집니다.

오늘은 이 세상 끝까지 떠밀려 온 것같이

2014년 4월 16일입니다.

그러나

뒤돌아서는 순간, 그러나

내가 너와 반대 방향으로 계속 걸어갈 수 있을까

너의 등을 볼 수 없는 세계로 발을 떼는 순간, 눈 앞에는 아직까지 한 번도 사랑하지 않았던 것들로만 이루어진 세상,

네가 존재하지 않는 세상, 그러나 내가 죽은 사람과 거의 다르지 않다면 망자의 기억을 나누어 가진 사람이 모두 망자와 거의 다름없는 세상,

그러나 어렵지 않게 버스를 탔고, 어렵지 않게 식당과 화장실을 찾았고, 어렵지 않게 건널목을 건넜다

그러나 어려운 것은 그런 것이 아니었다

거대한 혹처럼 태양을 등지고 네가 내 앞에서 걸어오고 있다, 내 앞에서 걸어오는 사람이 바로 너라고 생각하며 나는 똑바로 걸어가고 있다

거대한 화농이 터진 듯이 이 세상은 무섭도록 아름답다

작은 집

리셋하자, 드디어 신이 결정을 내린 것이다. 신의 말에 순종하여 밤낮으로 흰 눈이 내리고, 흰 눈이 내리고, 흰 눈이 내려서…… 이 세상 모든 발자국을 싹 지웠네. 보기에 참 아름답구나. 그런데…… 신이란 작자가 말이지, 이 광활한 세계를 한눈에 둘러보느라 시야가 너무 넓어지고 멀어진 나머지 조그만 집 한 채를 자기 속눈썹 한 올처럼 보지 못했다지 뭔가. 옛날 옛적에 잃어버린 꽃신 한 짝과 같은 그 집에는 늙은 여자 혼자 살고 있었다네. 어느덧 늙어서 동작도 굼뜨고 눈도 침침하고 기억하는 것도 점점 줄어들어 인생이 한 줌의 보리쌀 같았대. 늙은 여자 한 명이 날마다 불을 지피는 세계가 있고, 마침내 늙은 여자 한 명이 최후의 불꽃을 꺼뜨린 세계가 있어서, 신이 견주어본다면 이 두 개의 시간은 숲으로 가는 길과 바다로 가는 길이 갈라지듯이 점점 더 멀어지는가. 하늘과 땅

이 가장 멀어지는…… 그곳에서 맞붙듯이 점점 더 가까워지는가. 그리하여 신이 그윽하게 굽어보면 분별없이 아름다운 한 폭의 그림 속 세상이었을까. 잊은 것이 **퍼뜩 생각난 듯 다시 눈이 내리기 시작하네. 이번엔 검은 눈이 비스듬히 내리기 시작하네.**

1984년이라는 미래

> 그 속에 아무것도 적혀 있지 않다고 해도 노트는
> 의심을 살 만한 물건이었다.
>
> ─조지 오웰, 『1984』

오늘도 오웰 강은 흐르고……

조지 오웰이라는 이름의 작가가 되기까지 오웰 강에 자주 던져졌던 에릭 아서 블레어의 그림자는 흐르는 강물을 따라 흐르지 않았다. 흐르는 강물이 가져가지 않는 자신의 그림자를 보며 그는 이상한 느낌에 사로잡히곤 했다. 동서양을 막론하고 인생은 흐르는 강물 같다고들 하는데, 인생의 밑바닥은 웅덩이처럼 고여 있었다.

1차, 2차, 3차, 4차 산업혁명이

차례로 세상을 휩쓸고 지나가면서…… 깨진 유리창을 교체하듯이 풍경을 갈아 끼웠다. 흐르는 강물에 번호를 매긴다면, 옷감을 끊어서 팔듯이 흐르는 강물을 끊어 가격을 협상한다면, 강남과 강북을 나눈다면, 사람처럼 나눈다면, 저물녘에 보랏빛 강물을 바라보다가 눈앞이 캄캄해지는 한 사람, 한 사람이 저마다 절벽이다.

조지 오웰은 1948년에 1984년을 집필했고……
1950년에 죽었다. 1984년은 저녁마다 기침과 가래와 피가 끓었던 나의 벗 오웰의 휘어진 그림자가 가닿았던 가장 먼 미래…… 그러나 동지여, 나는 1984년, 1994년, 2004년, 2014년을 10대, 20대, 30대, 40대의 모습으로 한국에서 살았네. 10년이면 강산도 변한다고 사람들은 낡은 라디오처럼 지지직거리는데, 흐르는 강물도, 흐르는 시간도 가져가지 않은 것들이 그대로 굳어서 어느 고집 센 노인이 짚고 선 지팡이처럼 미래의 안개 속에 꼿꼿이 서 있네. 그것은 유령보다 단단해서 만져지네. 아아아…… 그리고 1984년이 누군가 읽다 만 새 책처럼 펼쳐져 있는 것이다.

그래서 너는 지금 막 노트를 한 권 사가지고 집으로 돌아오는 길이다. 미래에……

이 노트는 너를 위험에 빠뜨릴 거야. 오웰이 속삭였다. 노트가 의심을 살 만한 물건이라면 우리는 의심스러워지고, 의심스러워지면 더 의심스러워지는 것이다. 계속, 계속되는 것, 깊어지고, 깊어지는 것, 너의 삶은 뿌리째 흔들린다. 아니야, 아니야, 너는 계속 부정만 하고 있다. 미래는 실재도 아닌

데…… 어떻게 미래를 인정하느냐, 또 어떻게 미래
와 투쟁하여 벌써 이기고 진단 말이냐,

지하철 여행자 2084

1 낮의 빛과 밤의 빛이 동일한 원천에서 쏟아집니다

나는 이제 거의 지하철이 되어갑니다. 지하철은 낡은 세계고, 신세계가 낡아가는 것을 보면서 백 년 동안을 떠돌아다니다 보니 몸은 폴폴 날리는 곰팡이 가루가 되고 습기나 한기가 되고…… 무어라 말로 표현하기 어려운, 분위기, 기분, 정조情調 같은 것이 되어갑니다. 사람들은 대체로 기계적으로 걸어갑니다. 그들의 눈앞에는 화살표가 영롱한 금붕어 새끼처럼 떠다닙니다.

나는 레일, 불꽃, 어둠, 기차, 계단, 역무원, 사물함, 모차르트, 비발디가 되어갑니다. 나는 복고復古입니다. 어떤 과거는 꼭 돌아오게 되어 있습니다. "잃어버린 아이를 찾고 있습니다. 6세 여아. 실종 당시 하늘색 원피스를 입고 흰 타이즈를 신었는데, 옷도 얼굴도 필경 상거지처럼 더러워졌을 거예요. 그리고 90년이 흘러갔으니까……" 나는 6세 여아의 잘린 그림자가 됩니다. 그림자만 남으면 가볍게 돌아올 수 있습니다. 이것은 나쁜 꿈이라고, 당신이 비명을 지르며 검은 머리카락 속에서 하얀 얼굴을 찾아 문지를 때.

2 그리고 밤의 어둠과 낮의 어둠이 균질합니다

지하철에서 우리는 비바람과 눈보라를 피했고, 가장 깊은 어둠 속으로 내려가 지구 멸망 이후의 삶을 상상했고, 상상은 현실이 되었습니다. 지하철 여행자의 현실 말입니다. 여행은 현실과 꿈 사이에서, 삶과 죽음 사이에서 이루어집니다. 살아 있는 사람이 아홉이면 죽은 사람이 하나, 보이는 사람이 아홉이면 안 보이는 사람이 하나, 대체로 그렇습니다만,

이것은 정녕 나쁜 꿈이라고, 당신이 흰 머리카락 속에서 검은 얼굴을 찾아 더듬거릴 때, 살아 있는 사람 하나에 죽은 사람이 아홉, 보이는 사람 하나에 안 보이는 사람이 아홉인 경우가 간혹 있지 않겠습니까?

당신은 살아 있는 사람입니까? 나는 잘 모르겠습니다. 나는 모르는 것 아홉, 아는 것 하나, 대체로 그렇습니다. 나는 세계 각국의 메트로를 영원히 떠도는 숙소宿所로 여기고 불멸의 여정旅程으로 삼았습니다만, 지하철 승강장에 줄을 선 저 수많은 생명체들은 알다가도 모르겠고 모르겠다가도 그 속이 빤히 보입니다. 그가 가슴에 품고 달려온 폭탄이 터지고 나의 세계가 무너진 후에 모든 사람이 모든 사람의 밤이 되었습니다.

초혼招魂

위와 아래를 모르고
메아리처럼 비밀을 모르고
새처럼 현기증을 모르는 너를 사랑해

나는 너를 강물에 던졌다
나는 너를 공중에 뿌렸다

앞에는 비, 곧 눈으로 바뀔 거야
뒤에는 눈, 곧 비로 바뀔 거야

앞과 뒤를 모르고
햇빛과 달빛을 모르고
내게로 오는 길을 모르는,
아무 데서나 오고 있는 너를 사랑해

생각하는 사람

나는 유리창을 닦다 말고 딴생각에 빠졌다, 나오며…… 반은 맑고 반은 흐린 풍경을 보았다. 물이 얼다 말면 어떻게 될까, 그쯤은 나도 안다, 풍경은 같은 풍경,

같겠지만 같은 풍경이 아니다.

얼음이 녹다 말면 어떻게 될까, 나는 늘 생각하다 말지.

불이 붙다 말았으면 내 사랑은 얼마 동안만 따뜻할까. 안 탄 곳은 하나도 뜨겁지 않을까. 타지 않은 곳이면 내내 멀쩡할까.

500원짜리 동전을 주우려고 허리를 구부리다 말고 또 생각에 빠졌다, 나오며…… 동전 중에서 제일 큰 동전, 그쯤은 나도 안다. 100원짜리 동전이

세상에 나온 첫해* 나는 태어났다. 1원짜리 동전이 시장에서 사망한 그해** 그 아이는 훔친 동전들로 상점에서 무엇을 살 수 있었나, 무엇은 절대 살 수 없었나. 나는 아이의 등을 그네처럼 세게 밀고 되돌아오면 또 세게 밀었다. 그 상점에서 동전을 건네받은 붉은 손들은 몇 개, 몇백 개, 몇천 개 둥근 고리로 이어지며 아직도 불어나고 있을까. 오늘도 피에 젖은 아기들이 세상의 검은 가지 위에서 시시각각 울면서 피어나듯이.

아아, 다들 잘 살고 있나요? 나는 왜 동전 생각만 할까. 내 사랑이 꺼지다, 마지막 숨소리처럼 불이 붙으려고 하는데……

"흐린 뒤 맑음"이라고 했는데…… 나는 유리창처럼 서서 날씨는 계속해서 변한다고 중얼거렸다. 그

래서 우리는 일기예보를 궁금해하지만 그렇군, 누
구의 말도 다 믿지는 않는다고 중얼거렸다.

그쯤은 나도 안다, 알아도 어쩔 수 없는 것을 나
는 또 생각하기 시작한다.

* 1970년
** 2004년

랜드마크

500일째 기우는 중인 건물처럼
쓰러지는 중인 사람을 보았다
나는 메시지다
나를 읽으시오
눈빛이 글을 쓴다면 절망적으로 쓰고 있는 눈빛
이었다

복도 한가운데 서서
뜨거운 주전자를 기울여 주르륵 눈물을 흘리면
더운물이 찬 운명에 쏠리듯 한 방향으로 흐를 것
이다
나는 화살표다
나를 따라 읽으시오
홍수처럼 물의 양이 늘어나면
성난 강물이 시간의 편인 듯 붉어져 서쪽으로 몰

아칠 것이다

　501일째 기우는 중인 건물에서

　502일째 기우는 중인 건물로 범람하며

　그러나 우리가 빛보다 느리기 때문에 미래로 가
는 중이라면

　총알이 빛보다 느리기 때문에 미래로 가는 중이
라면

　쓰러지는 사람이 미래로 가는 중이라면

　한밤중, 503일째 기우는 건물에서

　오늘 일을 마치고 잠든 사람들 가운데 누구도 서
서 자지 않는다면

　그러나 내일도, 내일도, 오늘 할 일이 끝나지 않
는다면

검은 항아리

나의 마지막 노동은, 언제나, 물을 가득 채워놓는 것으로 마무리되었습니다, 항아리는, 완벽한 항아리인 척, 문지르고 또 문질러서 입술을 없앴지만, 언젠가부터, 꼭두새벽에 일어나, 하루 중 처음 보는 거울처럼 들여다보면 아아아, 가득했던 물이 확실히 줄어 있었습니다, 확실합니까, 여기는, 여기는, 누구의 조화 속일까요, 꿈이, 새 입술을 만드는 작업을 한다면, 그것은, 아무도 모르게 하는 겁니다, 꿈의 노동자는, 모두, 국적 불명의 외국인들입니다, 꿈속에서 우리는, 각자, 각기 다른 모국어를 사용하고, 물 흐르듯 자연스럽고, 어린 시절의 계곡으로 돌아가 영원히 현재를 잊었습니다

깨고 싶지 않은 꿈이 있어요, 깨고 싶은, 그러나 오랫동안 깨어나지 못한, 질기고 질긴 꿈도 있어요,

한국이라는 노동 지옥에서 행복을 꿈꾸는, 외국인 노동자, 그래요, 나는, 한국 사람이, 아닙니다, 나는, 사람입니다, 나는, 존재입니다, 눈사람을 만들려면, 흰 눈을, 검은 씨앗처럼 단단하게 뭉쳐야 하듯, 나는, 나는, 주먹을 꽉 쥐고, 오늘 밤 꾸고 있는 이 꿈 대신, 저 항아리를 깨뜨려, 항아리 세상 밖으로, 밖으로, 핏물처럼 흘러가겠습니다, 구멍이 생기면, 항아리는, 항아리가, 아닙니다, 꿈의 입술로, 말하기 시작하면, 나는, 내가, 아닙니다, 그러나, 우리는 같은 고통을 느껴요, 그러나 우리의 기쁨은, 전혀 다른 종류였어요

소금 인간

당신이 온몸을 쥐어짜서 뚝뚝 물을 흘리면
그것이 핏빛이든
잿빛이든
유리처럼 안쪽을 보라면서 바깥쪽도 내다보라
하든
우리가 어느 쪽에 서 있든
우리는 소금을 줍겠어요

오직 당신을 졸인 결정체를
소금호수, 소금사막, 소금동굴, 소금구름에서
한 마리 흑거미처럼 붉은거북이처럼 걸으며 다
른 세계로 휘어지는 해변에서
4인용 식탁에서
이제 누구도 앉지 않는 의자에서
소금눈이 내리고 소금비가 내리는 창밖에서

당신이 조금씩 남긴 것을
쓸어 모으겠어요
우리의 노동을 받아주세요

호수에서, 사막에서, 동굴에서, 시장에서, 관청
에서, 광장에서, 떠가는 구름에서, 지평선 너머 지
구 반대편에서
지구 반대편까지 돌아오는 당신, 당신을 고요하
게 일으키고 싶어요
석탑처럼 당신을 서서히 쌓아 올리셨어요
햇빛의 도움을 받아 땀을 뚝뚝 흘리고
달빛의 도움을 받아 번지는 불가능을…… 꿈꾸
었어요
오늘은 이것뿐입니다
죽어가는……

당신에게 펼쳐 보이는 더러운 손바닥 위에 소금
씨앗들,

　　내 손에서는 더 이상 자라지 않는 그것은,

생전의 느낌

꿈속 같았어요
쏟아질 것 같았어요
산을 내려오며 잡히는 대로 잡았던 손들은
조금씩 다른 높이에서 떨어지던 나뭇잎이었을까
요?

어디선가 들려오던 종소리였을까요?

오래 잡고 있을 수 있는 손은 없었어요
검은 옷을 차려입은 친지들이 모두 버스에 올라
탔습니다

어디선가…… 생전에 너의 목소리가
맑은 하늘에 비눗방울처럼 방울방울

다른 전망대

저 나뭇가지에 앉은 까마귀를 전망대라고 생각해봅시다.

다른 나뭇가지로 옮겨 앉은 까마귀를 다른 전망대라고 생각해봅시다.

당신의 나뭇가지가 부러지면, 당신의 전망대가 무너졌다고 탄식하기로 합시다.

한 그루 나무가 뿌리째 뽑히면, 얼마나 많은 눈동자들이 한꺼번에 눈을 감았는지 온 세상이 다 캄캄해졌습니다.

숲이 불타고 있습니다.

단 하나의 거대한 눈동자처럼 활활 타고 있습니다.

불이라면, 불의 군주라고 하겠습니다.

"오늘따라 서울의 야경이 너무 아름다워."

불빛에 도취한 연인의 독백이 독재자의 것처럼

느껴져 나의 사랑이 무서워졌습니다.

통일전망대 2015

북한 땅을 보러 갔습니다.

보이지 않는 것을 보러 갔습니다.

사실은 찬 바람을 쐬러 갔습니다.

우리는 소나타를 몰고 기분 전환을 좀 하자고 갔습니다.

저기가 북쪽이야, 누군가 말했습니다.

그런 말은 밤하늘의 별자리를 가리키면서 하는 말이 아닌가요?

그러자 당신은 폼을 잡으며 루카치의 글귀를 읊조렸어요.

"별빛이 갈 길을 환히 밝혀주던 시대는 얼마나 행복했던가."

이제 내가 말할 차례였는데요,

재치 있게 대꾸하고 싶었는데 그만, 에에에-취

재채기가 터져 나왔어요.

그날 우리는 서로를 웃기려고 대단히 노력했어요.

무의식을 지켜라

무의식은 무한하고 나는 유한한데

이제 내 신발 밑에서는 한 개의 그림자도 새어 나오지 않아요.

무의식은 보이지 않고 나는 보이는데

보이는 것이 보이지 않는 것을 어떻게 지킵니까?

유한한 것이 무한한 것을 어떻게 지킵니까?

나는 꿈도 꾸지 못하고 헛소리도 하지 못해요.

꿈을 꾸지 못해서 잠을 자지도 못해요.

얼마나 높은 곳에 오르면 무의식이 보입니까?

그곳에 누가 있어서 무의식을 씻기고 먹이고 새 어머니 노릇까지 합니까?

무의식에 손대는 그 손은 얼마나 거대합니까?

오늘날 신적인 것은 어떻게 스스로를 드러냅니까?

무의식의 엄마가 나의 폭군이라면

무의식의 친지들이 내가 대문 앞에서 쫓아낸 이방인들이라면

　　무의식의 적이 나의 친구들이라면

　　그래도 나는 무의식을 몰라요.

　　나는 그 사람을 몰라요.

　　나는 간첩을 몰라요.

　　제발 살려주세요. 눈이 내리는 1월에도, 눈이 녹는 1월에도, 나는 세금을 냈어요.

　　그날 눈 쌓인 새벽 골목길에 내 발자국이 푹푹 찍혀도

　　나는 정말 나를 몰라요.

이것이 나의 저녁이라면

신발장의 모든 구두를 꺼내 등잔처럼 강물에 띄우겠습니다

물에 젖어 세상에서 가장 무거워진 구두를 위해 슬피 울겠습니다

그리고 나는 신발이 없는 사람이 되겠습니다

나는 국가도 없는 사람이 되겠습니다

이것이 나의 저녁이라면 그 곁에서 밤이 슬금슬금 기어 나오고 있습니다

기억의 국정화가 선고되었습니다

책들이 법정으로 불려갔습니다

말들이 파도처럼 부서지고

낡아모은 낙엽처럼 한꺼번에 불타오르는 밤, 뜨거운 악몽처럼 이것이 나의 밤이라면 저 멀리서 아침이 오고 있습니다

드디어 아침 햇빛이 내 눈을 찌르는 순간에 검은

보석같이 문맹자가 되겠습니다

　　사로잡히지 않는 눈빛이 되겠습니다

　　의무가 없어진 사람이 되겠습니다

　　오직 이것만이 나의 아침이라면 더 깊어지는 악

몽처럼 모든 구두가 물에 가라앉고 있습니다

　　눈을 씻어도 내 신발을 찾을 수 없습니다

　　나는 이제부터 돌부리나 멧돼지가 되겠습니다

해피 뉴 이어

케이크처럼 우리는 모여 있다. 우리가 너무 가까워서 우리 사이를 지나갈 수 있는 것은 칼뿐이라는 듯이

우리는 단면을 드러내고 있다. 크게 웃을 때 보이는 가지런한 치아처럼 우리는 나란히 늘어서 있다. 우리는 기다리고 있다. 벽시계를 올려다보며 이제 우리는 똑같은 입 모양으로 동시에 지를 비명 소리를…… 아 아 **아 아** 잠에서 깨기 위해 기지개를 켜듯

준비하자! 이 세계에는 도화선처럼 점점 짧아지는 무언가가 있다! 곧 끝이 무엇인지 보여주겠다는 듯이

카운트다운이 시작되었다. 갑자기 푸른 스크린
이 지지직거리더니 치마저고리를 입은 대통령이 나
타나서 척결剔抉! 척결剔抉! 척결剔抉!을 고창했다.

해 질 녘 벌판에서

우리는 저녁 여섯 시에 약속을 하자.
풀잎마다 입술을 굳게 닫아걸었으니
풀잎은 녹슨 열쇠처럼 지천에 버려져 있으니
그리운 얼굴들을 공중에 매달고
땅 밑에 가라앉은 풀들을 일으키자.
우리 혀를 염소의 고독한 뿔처럼 뾰족하게 만들고
서둘러, 서둘러서 키스를 하자.
가장 깊은 곳까지 내려가 찔리자, 찌르자.
입술이 뭉개져 다 없어지도록
저녁 여섯 시에 흐르는, 흐르는 피
젖은 내장을 꺼내어
검은 새 떼들을 저 하늘 가득하게 불러 모으자.
이제 우리는 뜨거운 어둠을 약속하자.

폐가의 뜰

그 여름의 끝에서도 내게서 사람과 닮은 구석을 찾아냈다면 손님이여, 너는 아무 데나 들러붙는 인간 그림자에 끌려 여기까지 왔구나. 다만 너는 쓰러지고 싶을 뿐, 내게서 자란 초록빛 거뭇거뭇한 칼날들이 네 발목을 핥으면 너는 네 목소리부터 부러뜨려야 한다. 나는 인간 목소리를 원하지 않는다. 나도 한때 귓가에 기쁨의 잔물결을 일으키는 노랫소리를 즐겨 들었으며…… 그러던 어느 날 그토록 화사한 봄의 뜨락에서 화약 냄새처럼 사라지는 비명소리를 듣게 되었다. 같은 목구멍, 같은 혀가 갈라져 다른 하늘로 올라가는 몇 갈래의 길을 보았었다. 나는 더 이상 인간의 길을 원하지 않는다. 많은 것이 엉켜 있지만 우리는 그것을 사랑이라고 부르지 않는다. 나는 인간의 등뼈와 어깨, 음식과 촛대를, 가볍게 휘파람을 불던 봄 소풍과 가을 소풍을……

더는 원하지 않는다. 인간의 말과 꿈을 더는 원치 않는다. 그러나 그 여름날 불꽃같은 덤불이 사위어 가도 끝끝내 내가 어떤 사람을 붙들었다면 손님이여, 그 사람은 누구인가. 아아, 여기까지 떠밀려 온 난파선이여, 이방인이여, 나의 벗이여, 너도 언젠가 밤마다 곡괭이를 내리쳐 가슴팍을 뻐개고 죽은 사람을 네 안에 들였구나. 쾅, 쾅, 쾅, 쾅, 못질을 한 관으로 변태하여 걸음을 새로 배웠구나. 나는 가슴을 열고 싶지 않다. 우리는 죽음의 무게를 뺏기고 싶지 않다. 나는 내가 목격한 인간의 삶을 원하지 않는다. 내게 와서 쓰러지는 손님이여, 이제 울음을 그친 나의 손님이여, 이제 막 지상에 닿아 깨지는 마지막 눈물방울이여, 묘비 없는 묘지여,

요람의 시간

> 나는 쓴다. 아이의 죽음 때문에 넋이 나간
> 어머니처럼, 나는 나를 흔들어 재운다.
> ─페르난두 페소아, 『불안의 서』

당신은 나를 흔들어 깨우려고만 합니다
당신은 나를 흔들어 재울 수 있는데도 말입니다
보세요, 내가 나를 흔들어 얼마나 깊이 잠재울
수 있는지……
내가 아직까지 도달하지 못한 깊이 저편에……

아기가 되겠습니다
우는 아기가 되겠습니다
당신이 달랠 수 없는 울음이 되겠습니다, 해일처럼
내 전부를 끌어모아 당신에게로 귀환하는 무의

식이 되겠습니다

우리에겐 시간이 조금

그리고

더 이상 기차가 다니지 않는 철길이 동네마다 조금씩 남아 있어요. 어떤 길은 회색 길고양이만 알고, 어떤 길은 반세기 전에 달리던 화물열차만 알고, 어떤 길은 당신만 알고…… 그래서 나는 한 번도 당신과 마주치지 못했던 거군요.

그러나

이 거리에는 햇빛이나 달빛이나 별빛처럼 과거에서 왔거나 미래에서 온 사람들이 숨은그림찾기처럼 섞여 있어요. 군중 속으로 스며들면 비밀을 지우기에 좋습니다. 그래요, 이 거리에 휩쓸리면 아는 사람도 모르는 사람 같고, 모르는 사람도 아는 사람 같아요. 그러나 이 거리는 모든 사람들이 아는 길이에요.

그러나

이 거리에서는 아무도 모르는 일들이 일어나고, 나는 나만 아는 생각을 하며 걸어가고, 당신은 당신만 아는 생각을 하며 걸어가요. 미래에서 온 사람들은 화려한 유적지를 돌아다니는 기분이겠죠. 그것이 더 이상 기차가 다니지 않는 철길을 산책하는 기분과 어딘가 비슷하다면 그건 나도 좀 압니다. 그래요, 어떤 길은 영원히 이어질 것만 같았어요.

그러나

무섭게 짧습니다. 그래요, 언제 어디서든 모든 사람이 알게 되는 사실이 있습니다.

이웃집의 완벽한 벽장식

벽은 밤하늘처럼 더 깊고 더 어두워져야 합니다

그리고 더 아름다워져야 합니다

사슴 머리가 벽을 박차고 튀어나왔습니다

마치 꿈처럼

뿔은 아직 다 자라지 않았습니다

몸통은 벽 속에 잠들어 있습니다

미술관에 온 사람처럼

나는 남의 집 벽을 구경하고 있었습니다

아름다운 테두리를 가진 거울과 그림과 사진 들

벽을 장식할 것들을

하나하나 신중하게 결정했던 주인의 마음을 그

려보았습니다

그의 까다로운 취향이 조금 역겨웠습니다

나는 한쪽 귀를 두더지의 선물처럼 벽장 속에 감

쳐두고 싶습니다

　미로처럼 집이란 벽과 벽과 벽으로 이루어진 것
입니다

　그러나 이 그림자는 누가 끌고 온 것일까요?

　이쪽으로 와보세요, 오늘의 호스트가

　나를 부르고 있군요

　그는 가장 친절하게 우리를 식탁으로 안내하려
합니다

　어쩌면 또 다른 벽으로

　1세기 전의 램프가 걸려 있는

　그때 갑자기 벽에 나타난 그림자는 거대했습니다

　갑자기 왜소해진 그가 소리를 질렀습니다

　그러나 그림자는 티슈 한 장도 장미꽃 한 송이도
들어 올릴 힘이 없어요

무게도 냄새도 없어요

그 벽거울 속에서 손님들의 얼굴이

성냥불처럼 잠깐씩 피어났다 꺼지듯

마침 거기에 절벽이 있어서 우리는 짐을 풀듯이
그림자를 던졌던 거예요

그림자는 혼자 힘으로 서 있을 수도 없어요

그리고 나는 생각만 했어요

그림자처럼

생각만으로는 아무리 뜨겁게 주먹을 쥐어도 편
치를 날릴 수 없어요

죄송합니다,

드디어 내가 미친 걸까요? 그가 사과했습니다

괜찮습니다,

나는 말이죠, 호젓이 밤길을 걷다가도

검은 석유처럼 흘러나온 제 그림자에 소스라치
게 놀라 땅도 못 보는 그런 사람이에요
  오늘 밤하늘은 벽처럼 단단하고 아름답고
  나는 보호받고 있다,
  보호받고 있다, 주문처럼 중얼거리면
  그래도 조금 진정이 되었고
  어떻게 왔는지도 모르게 어느새 우리 집에 다 왔
어요
  굿나잇, 종일 끓인 간장처럼 졸아든 그림자와 더
불어
  나는 이제 벽에 착 달라붙을 거예요

대방동 조흥은행과 주택은행 사이에서
무슨 일이 있었나?

　그것은 1995년 출간된 어느 시집에 적혀 있다. 대방동 조흥은행과 주택은행 사이에는 플라타너스가 57그루, 마름모꼴 보도블록이 9504개, 길, 골목, 호텔 그리고 강물 소리……

　햇빛에 반짝이는 것들. 비가 오면 모두 비에 젖는 것들.* 오늘은 어느 죽은 시인이 그 모든 것들을 하염없이 세어보았던 뜬구름 같은 오후. 그것은 산 사람이 시간을 죽이기에도 좋은 일이고, 죽은 사람이 무한한 시간을 흘려보내기에도 좋은 일이다. 그러므로 우리는 언제든 대방동 조흥은행 앞에서 만나자. 마름모꼴 보도블록에 떨어지는 하얀 눈송이 같은 것들을 허리를 구부리고 하염없이 세어보는 일. 셀 때마다 숫자가 달라져서 다시 세어보는 일. 세다가 숫자를 잊어버려서 다시 처음으로 돌아가

세어보는 일. 2월의 눈사람처럼 천천히 작아지는 노인이 되는 일.

아아, 나의 처음이 어딜까, 생각해보는 일.

1897년 2월 한성은행漢城銀行이란 상호로 설립된 조흥은행朝興銀行은 기네스 세계기록에 등재된 대한민국에서 가장 오래된 은행이며 코스피 시장 제1호 상장사로서 그 종목 번호 000010은 가장 빠른 것이었으나 2003년 9월 신한금융지주회사 계열에 편입되었고 2004년 7월 2일 거래소 상장이 폐지되었다. 한국어 위키백과에서 조흥은행은 '없어진 기업'으로 분류되어 있다.**

주택은행住宅銀行 역시 '없어진 기업'으로 분류되어 있다. 1967년 한국주택금고로 설립되어 1969년 한국주택은행법에 의거하여 상호를 한국주택은행 (주)으로 변경하였으며 2000년 11월에 2002 FIFA 월드컵 공식은행으로 지정되었으나 2001년 11월 1 일 국민은행에 합병되었다.***

그러므로 없어진 조흥은행과 없어진 주택은행 사이에서 이제 우리는 살고 있다.

은행도 사람처럼 죽고, 사람의 꿈에 나타나고, 사람의 눈에 유령처럼 어른거리고…… 언제나 종 이돈 때문에 사람들 사이에서는 칼부림이 있었다. 그러므로 우리는 사돈의 팔촌과 십육촌처럼 기어이 죽은 은행과 연결될 것이며, 그러므로 우리는 어느 날 약속 장소를 잃어버리게 되고 다시는 약속 시간 을 지키지 못하게 될 것이다. 내가 언젠가 전 재산

을 몽땅 잃어버리고 "강도야! 강도야!" 대로변에서
악을 쓰게 될 때, 허허벌판의 겨울바람처럼 쌩쌩 차
들이 무섭게 지나갈 때, 아아, 그 건너편에서 본다.
죽은 사람들이여,

　죽은 사람에게 산 사람은 어떻게 보이는가. 산
사람에게 죽은 사람은 어떻게 보이는가. 오늘은 이
상하지, 보이지 않던 것들이 자꾸만 보이네. 보이지
않는 조흥은행과 보이지 않는 주택은행 사이에서
흰 구름이 홀연히 없어지기도 하고, 지갑이 없어지
기도 하고, 기억이 없어지기도 하는데…… 오늘은
참 이상하지, 돌무덤 맨 아래 돌처럼 가슴 깊이 묻
었던 사람이 일어나 새처럼 홀쩍 날아오르는데……

* 오규원의 시 「대방동 조흥은행과 주택은행 사이」(『길, 골목, 호텔 그리고 강물소리』, 문학과지성사, 1995)에서 알게 된 숫자들. 풍경들. 그리고 보이지 않는 사람들.

** https://ko.wikipedia.org/w/index.php?title=조흥은행&oldid=16720714

*** https://ko.wikipedia.org/w/index.php?title=한국주택은행&oldid=14895517

십
이
月
삼
십
일
日

나는 잃어버린 것이 없는 사람처럼

너는 잃어버린 것이 기억뿐인 사람처럼

뒤를 돌아보지 않고

우리는 시시각각

무서운 사람과

무서워하는 사람의 심장을 갈아 끼우며 걸었다*

그림자가 앞에 누운 사람과

그림자가 뒤에서 일어나는 사람이

엇갈려 걸어갔다

점점 빠르게

까마귀처럼

끝없이…… 반대편 거울 속으로 떼 지어 달려가

는 것이 보였다

계속 달려도 붉은 해가 지지 않았다

* "十三人의 兒孩는무서운兒孩와무서워하는兒孩와그렇게뿐"(李箱,
「烏瞰圖」)

소녀의 꿈

거실에 새장을 걸어놓고 새를 기다렸다
날마다

이상한 음계로 코를 고는 노인과
그리고 한밤중에 홀로 빛을 내는 비누
뒤축이 닳은 구두와
장롱 문짝에 사로잡힌 사슴과 구름과
돈을 훔치는 소녀

그리고 오늘 새벽엔
소녀가 흐린 창문 속에서 영원히 사라진다
단 한 번 날아간 그 새처럼

1914년

당신은 마음을 흙이라고 생각하는가 봐요. 파고, 파고, 파다 보면 100년 전 호텔도 그곳에 들일 수 있다는 듯이,

많은 사람들이 그곳에 다녀갔다는 듯이, 죽은 사람들도 복도를 돌아다닌다는 듯이, 한밤중의 창문에 나타나는 눈동자들은 텅 비어 있곤 했는데……그런 창문이라면,

그런 눈동자라면, 그곳에 하염없이 글을 쓸 수 있다고 생각하는가 봐요. 당신은 왜 글을, 글을, 글을 써야 한다고 생각하세요?

마음이 흙이라면, 눈에 들어가는 흙, 손톱 발톱에 까맣게 차오르는 흙, 뿌리가 생기고 바람 부는 들판이 생기고 어딘가에 한 마리 짐승을 숨기고 내놓지 않는 흙,

한 마리 짐승이 먹잇감이라면, 사냥을 준비하며

더욱 예민해지는 짐승들이 잔뜩 웅크리고 있는 흙,
세상의 모든 코의 점막들이 끈적거리듯이,

살아 있는 동안은 끈적거려야 하는 모든 것에 덮여 있고, 빠져 있고, 그래서 시시때때로 손을 씻고 아침저녁으로 몸을 닦고, 긁고, 깎는데,

흙 속에 뭔가, 뭔가, 뭔가가 있다고 생각하는 이 마음, 이 마음속에 뭔가, 뭔가, 뭔가가 있어서 흙을 만지듯이 당신을 만지면, 나는 자꾸 흘러내리네. 흙은 자꾸 흘러내리네.

그런 것이 속옷 같으면, 나는 밖에 나갈 수 없네. 그런 속옷이 시간 같으면, 내가 가진 시간의 누런 팬티는 몇 번을 빨아 다시 입을까?

몸 밖으로 나가면 마음은 없다는 듯이, 난 종일 호텔 방에서 끙끙 앓았어요. 멀리 여행을 떠나왔는데 그럴 거라면, 당신과 함께 다른 나라, 다른 도시

로 떠날 계획을 세우며 부풀었던 꿈은 무엇이었을
까요?

비슷했지만 옆에 누웠다가 떠난 사람은 당신이
아니었어요. 그를 생각하고, 생각했는데, 당신이 자
꾸자꾸 흘러내려 없어졌어요. 부드러운 젖가슴처럼
한 줌의 흙만 남았을 뿐,

한 줌의 흙을 뿌리처럼 움켜쥐고 이게 뭘까, 이
게 뭘까, 이게 뭘까 생각하다 보면, 내가 없어지듯
이 또 졸리기 시작했어요. 다시 자라기 시작하는 것
이 꿈이라고 한다면,

당신이 거인이 될 때까지, 당신이 나의 전부를
점령할 때까지, 당신이 내 먼 미래에 닿을 때까지,
꿈을, 꿈을, 꿈을 꾸겠어요.

잠들지 않는 귀

1

안녕, 어느 여름날의 서늘한 그늘처럼 나는 네게 바짝 붙어 있는 귀야. 네가 세상모르게 잠들었을 때도 나는 너의 숨소리를 듣고, 너의 콧소리를 듣지. 네가 밤새 켜두는 TV에서 느닷없이 북한 아나운서의 억양이 높아졌어. 이 모든 것이 공기의 진동이야. 그리고 어디선가 종소리가 들렸어. 이런 밤중에 종을 치는 사람은 누굴까. 나는 너를 파도처럼 흔들어 깨우고 싶어.

2

어느 날은 늙은 어머니가 네 방으로 건너와서 40년 전 어느 젊은 여자의 어리석음에 대해 한탄했네. 여자는 아름다웠지만 아름다움을 자신에게 이롭게 사용할 줄 몰랐네. 잘 자라, 가엾은 아가야. 이 모든 것이 화살이란다. 너는 잠든 척했어. 나는 너의 숨소리를 듣고, 너의 숨죽인 비명을 듣고, 늙은 여자가 얼굴을 일그러뜨리며 우는 소리를 들어. 그날 나는 너의 침묵을 이해했지. 너는 나처럼 말을 하지 못하는구나. 이 모든 것이 그냥 지나가길 빌었어. 그리고 어느 날 그녀가 죽었어.

3

　어디선가 제 가슴을 치는 사람이 있고 어디선가 제 주먹이 깨지도록 벽을 치는 사람이 있겠지. 내가 듣지 못하는 소리들이 어디선가 공기를 울리고 있어. 내게는 들리지 않는데 너에게는 들리는 소리들을 상상해. 네가 나를 게걸스럽게 잡아먹는 꿈을 꿔. 나는 너를 높은 파도처럼 집어삼키고 싶어. 수도꼭지에서 물방울이 뚝뚝 떨어져. 이 모든 것이 공기의 충돌이야. 이 모든 것이 행성의 충돌이야. 벽을 치는 사람에게는 벽에 세워두고 싶은 그, 그 사람이 있어서 피부를 찢고 피가, 피가, 피가 났어. 이 모든 것이 파편이야.

4

또 어느 날은 네가 허공에 대고 혼잣말을 하고 있지. 혼자 하는 말은 혼자 하는 생각과 얼마만큼 비슷한 걸까. 나는 말벗이 될 수 없구나. 대신 비밀이 되어줄게. 나는 아무도 모르게 커져서 먼 훗날 너를 품에 안고 고요하게 폭발할게.

PIN

007

시간의 미로

김행숙

에세이

시간의 미로

1

문을 열고 들어갔다. 밝고 냉기가 흐르는 방이었다. 알루미늄 침상 위에는 길에서 얼어 죽은 시신이 누워 있다. 시신을 덮고 있는 한 겹의 흰 천을 들추기 위해 나는 몸을 내밀고 걸어가야 한다. 겨우 몇 발자국이다.

2

길을 잃어버린 아버지를 찾아 나선 길이었다. 더 정확히 말하면, 길을 잃어버렸을 가능성이 있는 아버지를 찾아 나섰던 것이다. 아직까진 누구도 그런 가능성을 제기하지 않았지만, 나는 오후부터 자꾸 그쪽으로만 생각이 뻗치더니 잠자리가 매우 거칠었고 급기야 오늘 아침 눈을 뜨기 전에 내가 본 것은 무연고자 시신이었다. 이건 아니지, 싶었다.

일주일 전, 상기된 얼굴로 어머니는 태양의 나라 스페인으로 패키지여행을 떠났고, 늙은 아버지는 그 이튿날 간만에 할아버지, 할머니 산소도 좀 살펴보고 고향 친구들도 보고 오겠다며 서울역에서 전화를 걸어왔다. 언젠가부터 어머니는 어머니대로, 아버지는 아버지대로 훌쩍 어딘가로 떠났다가 돌아오는 일이 두 노인의 일상 안에서 자연스럽게 받아들여졌다. 어머니는 계단을 무서워하게 되었고 걸음도 눈에 띄게 느려졌지만 자꾸만 더 멀리 가보고 싶어 했고, 아버지는 인생의 한 시절을 소환하는 장소들만 골라서 그 주변을 맴도는 것 같았다. 그러니 서울역에서 끊긴 전화가 6일째 울리지 않는다고 해서 아버지가 길을 잃었을 거라고 생각하는 건, 내 생각이긴 하지만 합리적인 추론이라 할 수 없었다. 서로 무심한 성격 탓에 1주일, 2주일 전화 한 통 없이도 잘 지냈고, 여든을 넘겼지만 아버지의 걸음엔 여전히 힘이 있었고, 또한 그는 아직까지 진지하게 치매를 걱정해본 적이 없는 정신을 소유하고 있었다.

그렇지만 이틀 전에 내가 핸드폰으로 전화를 걸었는데 받지 않았고, 집으로 전화를 했으나 받지 않았고, 문자를 남겼지만 답이 없었다. 그날은 그러려니 했지만, 하루가 지나자 슬슬 걱정이 되기 시작했다. 아버지의 핸드폰에서는 전화기가 꺼져 있다는 신호만 돌아왔고, 서울 갈현동의 집전화는 보나마나 텅 빈 집을 하염없이 울리고 있을 것이다. 전라북도 익산시 성당면 대선리 어느 논두렁에 핸드폰을 흘렸거나, 충전을 못 하고, 안 하고 있으면서, 어린 시절의 늙은 동무를 붙들고 핸드폰 무용론을 펼

치고 있거나, 아니 어쩌면 갤럭시 노트 7이 당신의 삶에 가져온 새로운 변화들을 서울 노인의 자의식으로 열거하고 있을지도 모른다. 아니다, 핸드폰 따위는 까맣게 잊고 있는 것이다.

6일, 아버지가 집을 떠나 손님으로 떠돌거나 머물기에는 예외적으로 긴 시간이다. 아버지는 종종 갑갑하다며 집을 떠나고 싶어 했지만 그래서 집을 떠나면 떠나면서 벌써 돌아오고 싶어서 마음이 초조해지는 그런 사람이다. 그곳이 고향이라 불리는 곳이라도 말이다. 이제 그곳은 뒷산에 부모 형제의 무덤이 있는 곳일 뿐, 그곳에서 나고 자라서 늙은 동무와도, 도시에서 상처받고 귀농하여 고향 집을 손보고 사는 조카 내외와도 반짝 반가웠다가 이내 어색하고 서먹한 기분에 젖고 말 것이다. 아버지는 소심하고 낯을 많이 가리는 편이다. 그렇다고 호텔이나 모텔, 민박집 같은 곳을 잡아놓고 인근을 주유하고 다니는 모습도 아버지의 것으로는 도무지 상상이 되지 않았다. 사실 나는 아버지에 대해 거의 모른다. 최근 몇 년 사이에 그는 귀가 많이 어두워

졌고 말을 조금씩 더듬기 시작했다. 그리고 그는 유난히 길눈이 어두운 사람이었다. 그것은 그가 내게 드리운 가장 강력한 유전적 형질이기도 하다.

나는 아버지의 고향 집 주소를 기억해냈다. 그 주소로 전화를 걸 수 있는 번호조차도 갖고 있지 않은 내가 그래도 아는 것, 그것은 어린 시절 국기에 대한 맹세처럼 외워야 했던 나의 본적지라고 하는 것이었다. 그 주소는 일종의 관념이었다. 그곳에 1년에 한두 번이라도 발길을 하지 않은지가 어언 30년이 지났는데, 전라북도 익산군 성당면 대선리 ×××라는 기계적인 음성이 녹음기처럼 내 입술에서 흘러나오자, 나는 혼자서 멋쩍게 조금 놀랐다. 내비게이션에서 호출할 주소라면 익산군이 아니라 익산시라고만 정정하면 될 것이다.

나는 내가 태어난 곳의 주소도 당연히 모르고, 또 돌아보면 한 시절 그 어떤 사무치는 곡절을 축적한 장소였다 해도 몸을 옮기면 얼마 지나지 않아 그 주소는 기억에서 지워졌는데, 어린 시절의 말랑한 뇌에서 이루어진 암송의 힘이란 정말이지 무서운 것이 아닐 수 없다. 그 본적지에서 평생을 사셨던 할아버지로부터 따뜻한 눈길 한 번 받아본 적이 있었던가. 어둠 속에서 어렴풋이 할아버지의 목소리가 재생된다면 "쓸데없는 계집애들"이라는 후렴구를 통해서다. 그곳에서 나는 여동생 둘과 나란히 무릎을 꿇고 있었다. 그때 우리는 모두 어린아이들이었다. 우리는 모두 그 자리를 빨리 벗어나고만 싶었다.

3

차에 시동을 걸고 내비게이션에 주소를 입력했다. 주소는 숫자로 완성된다. 숫자, 화살표, 내비게이션의 음성, 이렇게 단순하고 명료한 것들로만 길을 찾을 수 있는 세계는 완벽하다. 여기에 무엇이 더 필요하겠는가. 내비게이션은 내 여정을 굽어보는 눈동자이며 진리의 말씀이고 바다를 가르는 지팡이다. 이 전지전능한 기계가 없었다면 내가 이렇게 충동적으로 길을 나서는 일은 일어나지 않았을 것이다. 신이 세상에 인간을 만들기로 작정했던 것은 광막한 우주 공간에 울려 퍼지는 절대 고독의 목소리를 들어줄 존재가 필요했기 때문일지도 모른다. 오랫동안 외로웠던 신은 한 쌍의 어여쁜 귀를 상상하면서 아담과 이브를 제작했을 것이다.

내부순환도로에 올라선 내 낡은 은색 소나타는 시속 90킬로의 속력으로 순조롭게 달리고 있었다. 나는 차츰 맥락을 잃고 혼자 여행을 떠나는 기분에 빠져들었다. 여행이라는 말도 가출이라는 용어도 지금 이 상황에는 터무니없는 것이었지만, 어쩐지 내 기분을 설명하려 드니 그런 말들이 불안정하게 떠돌았다.

그리고 길을 잃어버린 어린아이에게 찾아왔던 밤이 떠올랐다. 그 아이는 외갓집에 심부름을 가던 길이었다. 잘 아는 길이라고 생각했는데, 그날 버스 차창에 비친 풍경 자료를 바탕으로 이 아이는 정류소를 제대로 분별해내지 못했다. 차창으로 흘러가는 시내의 풍경은 카오스의 덩어리였다. 그 아이는 엉뚱한 우주 정류장에 홀로 서 있었다. 아이는 두리

번거렸다. 아이의 등 뒤에는 상가 1층의 안경점 쇼윈도가 기이한 무대배경처럼 펼쳐져 있었다. 눈알이 없는 눈 같은, 해골의 눈구멍 같은, 그 쇼윈도에 전시된 100개의 안경테들을 아이는 빨려 들어가듯 들여다보았다. 누구의 눈빛과도 닿지 않았다. 그것은 이 세계에 숨겨진 작은 블랙홀들이었다. 그때 아이의 등 뒤에는 그 아이가 타고 온 것과 같은 번호의 버스, 다시 말해 아이의 출발지와 목적지를 노선표에 포함하고 있는 버스가 다시 한 번 정류장을 지나갔다. 거리는 길을 잃어버린 어린아이가 감당하기 어려울 만큼 시끄러웠다. 시장의 난장판처럼 시끄러웠고 무인우주선처럼 적막했다. 아주 느리게 시간이 흘러갔지만 언제나 밤의 어둠은 순식간에 찾아온다.

어쨌든 그 아이는 집으로 돌아왔다. 그리고 내 안으로 깊숙이 들어와서 틀어박혔다. 그 아이는 내 귓속에 들어와 앉아 씨앗처럼 모든 것을 안으로 접고 있는 것 같다. 귀는 내 몸에서 가장 깊은 곳이다. 귀는 내가 하는 혼잣말을 듣는 유일한 존재, 그것은 은밀하다. 내 눈은 잠든 나의 모습을 볼 수 없지만, 귀는 언제나 열려 있다. 귀는 잠든 내가 지껄이는 기이한 잠꼬대를 태어나서 지금껏 묵묵히 들어왔고, 잠든 내가 듣지 못하는 부모의 소리 낮춘 대화를 그날 새벽 눈송이처럼 조용히 덮었던 것이다. 그 모든 것이 귓속에만 부는 바람이었다. 뇌가 기억하지 못하는 것을 귀는 비밀처럼 봉인하고 있다. 귀는 한 쌍의 작은 무덤이다. 정오의 그림자처럼 내 몸에 딱 붙어서 내 귓속의 그 아이가 무슨 이야기를 혼자 듣고 홀로 들어가 눕는 관처럼 깊이 파묻었는지, 그 고독은 무엇인지, 나는 영원히 알 수 없을 것이다.

어른이 되어서도 낯선 주소를 손에 들고 길을 찾아야 할 때면 그 아이가 내 안에서 막무가내로 커져서 폭발할 것 같아진다. 나는 균형을 잃는다. 그러면 나는 어쩔 수 없이 미아가 되어버리고 마는 것이다. 그 아이는 점점 더 어려지고 나는 점점 더 늙어간다. 만약 내가 여든의 노인이 된다면 그 아이는 얼마나 더 크게 울게 될까. 아버지가 길을 잃었을지도 모른다는 망상을 내가 한다면 그건 그 아이 때문이다. 그 아이는 누구의 품에서도 잠들 수 있지만 영원히 잠드는 법은 없으니까. 그 아이가 깨어나면 그 누구도 비틀거리지 않을 수 없으니까.

그 누구도 가야 할 길을 다 알고 가는 것은 아니다.

그러나 내비게이션은 오늘도 친절하고 차분하다. 그리고 일단 고속도로에 들어서면 한동안, 직진, 직진이다. 돌아갈 길이 없다. 나는 다음번 휴게소에 들러 빈속을 좀 달래고 자동차에 기름도 빵빵하게 채울 것이다. 그런데 여기가 어디지?

4

논산천안고속도로로 접어들어서 20분쯤 달렸다. 식은 재처럼 희끗희끗 날리던 눈발이 어느새 함박눈으로 변해 펑펑 내리기 시작했다. 운전석에 앉아서 이런 눈 구경을 하게 될 줄은 생각도 못 했다. 보기 드문 대설大雪이었다. 눈앞이 하얘지고 있었다. 고속도로 위의 차들은 속도를 더 줄여야 했다.

외국에서 여권을 잃어버린 적이 있다. 여권이 사라진 가방을 메고 어둡고 낯선 도시의 골목을 돌아다닐 때도 눈이 내렸다. 하얀 눈이 내려앉는 스웨덴 스톡홀름의 구시가지를 돌아다니다가 나는 보았다. 붉은 문 앞에 어린 여자아이가 물끄러미 서 있었다. 여자아이가 마주하고 있는 그 육중한 문은 19세기에 지어진 그 건물의 유일한 입구처럼 보였다. 문은 빨갛게 달아오른 숯불처럼 뜨거웠고, 고개를 수그린 작은 여자아이의 어깨에는 차갑고 가볍고 예쁜 눈송이가 하염없이 떨어지고 있었다. 그 여자아이는 맨발이었을 것이다. 신발을 잃어버리고 말을 잃어버리고 눈동자를 잃어버리고…… 죽은 심장만 간신히 붙잡고 있었을 것이다. 나는 뒷걸음질 치기 시작했다. 나는 그 아이로부터 점점 멀어졌다. 어디선가 종소리가 울렸다.

차에서는 핸드폰이 울렸다.

스피커폰으로 들려오는 아버지의 목소리는, 그지없이 평온했다. 집에 온 지 벌써 나흘이 지났노라고 했다. 지금은 기원에서 바둑을 두고 있다고 했다.

오늘은 검은 돌을 쥐었다고 했다.

　"눈도 많이 오는데, 조심해서 일찍 들어가세요."
　"눈? 눈? 눈이 오냐? 어디에?" 오늘은 네가 좀 이상하다고, 너는 지금 어디에 있는 거냐고, 먼 나라에서 아버지가 물었다.

　그러게요. 여기는 어딜까요? 내가 그에게 묻고 싶은 심정이었다. 이틀 동안 나는 그에게 열 통이 넘는 전화를 했다. 열 통의 전화가 어긋나는 데는 엄청나게 특별한 사건이 필요치 않았다. 다만 지금은 같은 하늘 아래가 아닌 듯하다. 폭설이 퍼붓는 여기는 어딜까? 더러운 유리창으로 노란 햇빛이 부서지고, 검은 돌, 흰 돌을 쥔 노인들이 바둑을 두는 그 나라는 어딜까?
　300미터 앞 우측 방향, 이라는 내비게이션의 차분한 음성이 들렸다. 내가 때때로 내비게이션에게 놀라는 점은, 이 작은 상자의 영혼은 결코 초조함을 드러내는 법이 없다는 것이다. 300미터 앞에서부터 눈의 군대가 하얀 입김을 피워 올리며 척, 척, 척, 척 행군해 와서 빽빽하게 막아서고 있었다. 멈출 수 있는 장소가 없었다. 갈 데까지 가보는 수밖에 없었다. 그러나 갈 데가 없었다.

5

오류, 전혀 멈출 수가 없는 길 위에 있다는 사실은 유한을 무한으로 변화시킨다.* 하얀 눈이 내리고, 또 내리고 있었다. 온 세상이 한 가지 색깔로 변하고 있었다. 차이가 사라지고 있었다. 이곳과 저곳이 같아지고 있었다. 그러므로 나는 이곳에서 저곳으로 건너갈 수 없을 것이다. 300미터는 무한으로 변모했다. 나는 초조했다. 인간은 초조 때문에 낙원에서 추방되었다고, 초조로 인해 되돌아가지 못한다고, 초조는 인간의 모든 죄악이 자라나는 토양과 같은 근본적 죄악이라고** 광활한 설원雪原 한가운데서 누군가 외롭게 혼잣말을 하고 있다면, 나는 기꺼이 그 말의 뜨거운 메아리가 되리라.

내게는 반복적으로 꾸는 악몽의 몇 가지 버전이 있다. 그중의 하나가 자동차 여행을 떠났다가 중간에 내비게이션이 망가지는 것이다. 멈출 수 없는 길 위에서 길을 잃어버리고 나는 영원히 헤매게 된다. 모든 길은 미로가 된다. 미로는 무한한 헤맴의 형식으로 감옥을 짓는다. 미로는 닫힌 무한이다. 그것은 육신에 갇힌 마음의 형상일까. 죽음의 벽에 둘러싸인 생의 발걸음일까.

나는 누군가의 꿈속에 들어와 있는 것 같다.

나는 누군가의 귓속에 들어와 있는 것만 같다. 귀는 태아처럼 생겼다.*** 귀는 시간의 동굴 같다. 현재는 시시각각 지워지고, 미래는 영원히 도착하지 않고, 과거는 계속해서 자란다.**** 귀는 미로의 형상을 건축한다. 주어를 잃은 서술어들, 머리를 잃은 몸들이 흘러 다녔다. 누구의 것인지 묻지 않는 것, 내 것과 네 것이 뒤섞이는 것, 너의 목에서 내 얼굴이 솟아나는 것이 꿈의 문법이다.

나는 꿈속에서처럼 달리고 있다. 길은 하얗게 불타고 있다. 300미터 전방은 계속된다. 거대한 나무처럼 오른쪽으로도, 왼쪽으로도, 다시 왼쪽으로도 시간의 길은 무한히 자라난다. 그러나 내가 죽은 나뭇가지 위에서 미끄러지고 있는 거라면, 머지않아 나뭇가지는 부러지고 나는 검은 나뭇가지 위에 가볍게 얹힌 눈송이처럼 툭, 떨어질 것이다. 겨우 나뭇가지 하나가 부러졌을 뿐이다. 시간의 숲은 무성하다. 시간의 숲은 활활 타오른다.

* 블랑쇼, 「문학적 무한함 : 『알레프l'Aleph』」
** 카프카, 「죄와 고통, 희망 그리고 진정한 길에 대한 성찰」
*** 김혜순, 「귀, 안으로의 무한」
**** 졸고, 「친구여, 나는 20세기와 21세기 사이에 끼어 졸도할 지경이네」. 이상(李箱, 1910~1937)은 기림(起林, 1908~미상)에게 보낸 한 편지에서 자신은 19세기와 20세기 틈바구니에 끼어 졸도할 지경이라고 호소했었다.

1914년

지은이 김행숙
펴낸이 김영정

초판 1쇄 펴낸날 2018년 8월 31일
초판 2쇄 펴낸날 2019년 3월 13일

펴낸곳 (주)현대문학
등록번호 제1-452호
주소 06532 서울시 서초구 신반포로 321(잠원동, 미래엔)
전화 02-2017-0280
팩스 02-516-5433
홈페이지 www.hdmh.co.kr

ISBN 978-89-7275-908-9 04810
      978-89-7275-907-2 (세트)

* 책값은 뒤표지에 있습니다.